KB010787

世界名詩選集 / 이상화 · 이육사

SEO MOON DANG'S
SCENTED TREASURY
OF WORLD POETRY
AND
FINE ART

＊이 시집은 원문(原文)에 따랐으되, 표기는 편의상 현행 맞춤법
에 맞게 바로 잡고, 독자적인 시적 어휘는 원문대로 실었음을
밝혀 둡니다.

世界名詩選集

이상화 · 이육사

서문당

이상화·이육사 /차 례

이 육 사 편

이상화 편

나의 침실로

──가장 아름답고 오랜 것은 오직 꿈 속에만 있어라──(내 말)

「마돈나」 지금은 밤도 모든 목거지에 다니노라. 피곤하여 돌아가려는도다.

아, 너도 먼동이 트기 전으로 수밀도(水蜜桃)의 네 가슴에 이슬이 맺도록 달려오너라.

「마돈나」 오려무나, 네 집에서 눈으로 유전(遺傳)하던
진주(眞珠)는 다 두고 몸만 오너라.
　빨리 가자, 우리는 밝음이 오면 어딘지도 모르게 숨는
두 별이어라.

「마돈나」 구석지고도 어둔 마음의 거리에서, 나는 두려워
떨며 기다리노라.
　아, 어느덧 첫닭이 울고──뭇 개가 짖도다. 나의 아씨여,
너도 듣느냐.

「마돈나」 지난 밤이 새도록 내 손수 닦아 둔 침실(寢室)로
가자, 침실로!
　낡은 달은 빠지려는데 내 귀가 듣는 발자국──오, 너의
것이냐?

「마돈나」 짧은 심지를 더우잡고 눈물도 없이 하소연하는
내 맘의 촉(燭)불을 봐라.
　양털 같은 바람결에도 질식(窒息)이 되어 얄푸른 연기로
꺼지려는도다.

「마돈나」 오너라, 가자, 앞산 그르매가 도깨비처럼 발도
없이 이곳 가까이 오도다.
　아, 행여나 누가 볼지──가슴이 뛰누나, 나의 아씨여,
너를 부른다.

「마돈나」 날이 새련다. 빨리 오려무나, 사원(寺院)의
쇠북이 우리를 비웃기 전에

네 손이 내 목을 안아라, 우리도 이 밤과 같이 오랜
나라로 가고 말자.

「마돈나」 뉘우침과 두려움의 외나무다리 건너 있는
내 침실 열 이도 없느니!
　아, 바람이 불도다, 그와 같이 가볍게 오려무나, 나의
아씨여, 네가 오느냐?

　「마돈나」 가엾어라, 나는 미치고 말았는가, 없는 소리를
내 귀가 들음은——.
　내 몸에 피란 피——가슴의 샘이 말라 버린 듯 마음과
목이 타려는도다.

「마돈나」 언젠들 안 갈 수 있으랴, 갈 테면 우리가 가자.
끄을려 가지 말고!
　너는 내 말을 믿는 「마리아」——내 침실이 부활(復活)의
동굴(洞窟)임을 네야 알련만…….

「마돈나」 밤이 주는 꿈, 우리가 얽는 꿈, 사람이 안고
궁그는 목숨의 꿈이 다르지 않으니,
　아, 어린애 가슴처럼 세월(歲月) 모르는 나의 침실로 가자,
아름답고 오랜 거기로.

「마돈나」 별들의 웃음도 흐려지려 하고, 어둔 밤 물결도
잦아지려는도다.
　아, 안개가 사라지기 전으로, 네가 와야지, 나의 아씨여,
너를 부른다.

마음의 꽃

―― 청춘에 상뇌(傷惱)되신 동무를 위하여 ――

오늘을 넘어선 가리지 말라!
슬픔이든, 기쁨이든, 무엇이든,
오는 때를 보려는 미리의 근심도――

아, 침묵(沈默)을 품은 사람아, 목을 열으라,
우리는, 아무래도 가고는 말 나그넬러라,
젊음의 어둔 온천(溫泉)에 입을 적셔라.

춤추어라, 오늘만의 젖가슴에서
사람아, 앞뒤로 헤매지 말고
짓태워 버려라!
끄슬려 버려라!
오늘의 생명(生命)은 오늘의 끝까지만――

아, 밤이 어두워 오도다.
사람은 헛것일러라,
때는 지나가다
울음의 먼 길 가는 모르는 사이로――

우리의 가슴 복판에 숨어 사는
열푸른 마음의 꽃아 피어 버리라
우리는 오늘을 지리며 먼 길 가는 나그넬러라.

바다의 노래

──나의 넋, 물결과 어우러져 동해의 마음을 가져온 노래──

내게로 오너라 사람아 내게로 오너라
병든 어린애의 헛소리와 같은
묵은 철리(哲理)와 낡은 성교(聖敎)는 다 잊어 버리고
애통(哀痛)을 안은 채 내게로만 오너라.

하느님을 비웃을 자유가 여기 있고
늙어지지 않는 청춘도 여기 있다
눈물 젖은 세상을 버리고 웃는 내게로 와서
아 생명이 변동(變動)에만 있음을 깨쳐 보아라.

초   혼

서럽다 건망증(健忘症)이 든 도회(都會)야!

어제부터 살기조차 다——두었대도

몇 백년 전 네 몸이 생기던 옛 꿈이나마

마지막으로 한 번은 생각고나 말어라

서울아 반역(叛逆)이 낳은 도회야!

빼앗긴 들에도 봄은 오는가

　지금은 남의 땅——빼앗긴 들에도
봄은 오는가?

　나는 온 몸에 햇살을 받고
　푸른 하늘 푸른 들이 맞붙은 곳으로
　가르마 같은 논길을 따라 꿈속을 가듯
걸어만 간다.

　입술을 다문 하늘아 들아
　내 맘에는 내 혼자 온 것 같지를 않구나
　네가 끌었느냐 누가 부르더냐 답답워라
말을 해 다오.

　바람은 내 귀에 속삭이며
　한 자국도 섰지 마라 옷자락을 흔들고
　종다리는 울타리 너머 아가씨같이
구름 뒤에서 반갑다 웃네.

　고맙게 잘 자란 보리밭아
　간밤 자정이 넘어 내리던 고운 비로
　너는 삼단 같은 머리를 감았구나
내　머리조차 가뿐하다.

혼자라도 가쁘게나 가자
마른 논을 안고 도는 착한 도랑이
젖먹이 달래는 노래를 하고 제 혼자 어깨춤만
추고 가네.

나비 제비야 깝치지 마라.
맨드라미 들마꽃에도 인사를 해야지
아주까리 기름을 바른 이가 지심 매던 그 들이라
다 보고 싶다.

내 손에 호미를 쥐어 다오
살찐 젖가슴과 같은 부드러운 이 흙을
발목이 시도록 밟아도 보고 좋은 땀조차

홀리고 싶다.

　강가에 나온 아이와 같이
　짬도 모르고 끝도 없이 닫는 내 혼아
　무엇을 찾느냐 어데로 가느냐 우서웁다
답을 하려무나.

　나는 온 몸에 풋내를 띠고
　푸른 웃음 푸른 설움이 어우러진 사이로
　다리를 절며 하루를 걷는다. 아마도 봄신령이
접혔나 보다.

　그러나 지금은――들을 빼앗겨 봄조차 빼앗기겠네.

시인에게

한 편(篇)의 시(詩) 그것으로
새로운 세계 하나를 낳아야 할 줄 깨칠 그 때라야
시인아 너의 존재가
비로소 우주에게 없지 못할 너로 알려질 것이다.
가뭄 든 논께에는 청개구리의 울음이 있어야 하듯——

새 세계란 속에서도
마음과 몸이 갈려 사는 줄풍류만 나와 보아라
시인아 너의 목숨은
진저리나는 절름발이 노릇을 아직도 하는 것이다
언제든지 일식(日蝕)된 해가 돋으면 뭣하며 진들 어떠랴.

시인아 너의 영광은
미친 개 꼬리도 밟는 어린애의 짬 없는 그 마음이 되어
밤이라도 낮이라도
새 세계를 낳으려 손댄 자국이 시가 될 때에——있다.
촛불로 날아들어 죽어도 아름다운 나비를 보아라.

그 날이 그립다

　내 생명의 새벽이 사라지도다.
　그립다 내 생명의 새벽——설어라 나 어릴 그 때도
지나간 검은 밤들과 같이 사라지려는도다.
　성녀의 피수포(被首布)처럼 더러움의 손 입으로는
감히 대이기도 부끄럽던 아가씨의 목——
　젖가슴빛 같은 그 때의 생명!

　아, 그 날 그 때에는 낮도 모르고 밤도 모르고 봄빛을
머금고 움돋던 나의 영(靈)이
　저녁의 여울 위로 곤두치는 고기가 되어
　술취한 물결처럼 갈모로 춤을 추고 꽃심의 냄새를 뿜는
숨결로 아무 가림도 없는 노래를 잇대어 불렀다.

　아, 그 날 그 때에는 낮도 없이 밤도 없이 행복의 시내가
내게로 흘러서 은(銀)칠한 웃음을 만들어만 내며 혼자
있어도 외롭지 않았고 눈물이 나와도 쓰린 줄 몰랐다.
　내 목숨의 모두가 봄빛이기 때문에 울던 이도 나만 보면
웃어들 주었다.

　아, 그립다 내 생명의 새벽——설어라 나 어릴 그 때도
지나간 검은 밤들과 같이 사라지려는도다.
　오늘 성경(聖經) 속의 생명수에 아무리 조촐하게 씻은
손으로도 감히 만지기에 부끄럽던 아가씨의 목——젖가슴빛
같은 그 때의 생명!

이 해를 보내는 노래

「가뭄이 들고 큰 물이 지고 불이 나고 목숨이 많이 죽은
올해이다. 조선 사람아 금강산에 불이 났단 이 한 말이
얼마나 깊은 묵시(默示)인가. 몸서리치는 말이 아니냐.
오 하느님——사람의 약한 마음이 만든 도깨비가 아니라,
누리에게 힘을 주는 자연의 영정(靈精)인 하나뿐인 사람의
예지(叡智)——를 불러 말하노니 잘못 짐작을 갖지 말고
바로 보아라. 이 해가 다 가기 전에——조선 사람의
가슴마다에 숨어 사는 모든 하느님들아!」

하느님! 나는 당신께 돌려보냅니다.
속 썩은 한숨과 피 젖은 눈물로 이 해를 싸서
웃고 받을지 울고 받을지 모르는 당신께 돌려보냅니다.
당신이 보낸 이 해는 목마르던 나를 물에 빠져
죽이려다가
누더기로 겨우 가린 헐벗은 몸을 태우려도 하였고
주리고 주려서 사람끼리 원망타가 굶어 죽고만 이 해를
돌려보냅니다.
하느님! 나는 당신께 뭇조려 합니다.
땅에 엎대여 하늘을 우러러 창자 빈 소리로
밉게 들을지 섧게 들을지 모르는 당신께 뭇조려 합니다.
당신이 보낸 이 해는 우리에게 「노아의 홍수」를 갖고
왔다가
그날의 「유황불」은 사람도 만들 수 있다 태워 보였으나

주리고 주려도 우리들이 못 깨쳤다 굶어 죽였던가
뭇조려 합니다.
아 하느님 !
이 해를 받으시고 오는 새해 아침부턴 벼락을 내려줍소
악도 선보담 더 착할 때 있음을 아옵든지 모르면 죽으리라.

어머니의 웃음

날이 맞도록
왼 데로 헤매노라——
나른한 몸으로도
시들푼 맘으로도
어둔 부엌에,
밥 짓는 어머니의
나 보고 웃는 빙그레 웃음!

내 어려 젖 먹을 때
무릎 위에다,
나를 고이 안고서
늙음조차 모르던
그 웃음을 아직도
보는가 하니
외로움의 조금이
사라지고, 거기서
가는 기쁨이 비로소 온다.

저무는 놀 안에서
——노인(勞人)의 구고(劬苦)를 읊조림——

거룩하고 감사론 이 동안이
영영 있게시리 나는 울면서 빈다.
하루의 이 동안——저녁의 이 동안이
다만 하루만치라도 머물러 있게시리 나는 빈다.

우리의 목숨을 기르는 이들
들에서 일깐에서 돌아오는 때다.
사람아 감사의 웃는 눈물로 그들을 씻자.
하늘의 하느님도 쫓아 낸 목숨을 그들은 기른다.

아 그들의 흘리는 땀방울이
세상을 만들고 다시 움직인다.
가지런히 뛰는 네 가슴 속을 듣고 들으면
그들의 헐떡이던 거룩한 숨결을 네가 찾으리라.

땀 찬 이마와 맥풀린 눈으로
괴론 몸 움막집에 쉬러 오는 때다.
사람아 마음의 입을 열어 그들을 기리자.
하느님이 무덤 속에서 살아옴에다 어찌 견주랴.

거룩한 저녁 꺼지려는 이 동안에 나 혼자 울면서 노래 부른다.
사람이 세상의 하느님을 알고 섬기게시리 나는 노래 부른다.

나는 해를 먹다

구름은 차림옷에 놓기 알맞아 보이고
하늘은 바다같이 깊다라ㅡㄴ 하다.

한낮 뙤약볕이 쬐는지도 모르고
온 몸이 아니 넋조차 깨온──아찔하여지도록
뼈저리는 좋은 맛에 자지러지기는
보기좋게 잘도 자란 과수원(果樹園)의 목거지다.

배추 속처럼 핏기 없는 얼굴에도
푸른 빛이 비치어 생기를 띠고
더구나 가슴에는 깨끗한 가을 입김을 안은 채
능금을 바수노라 해를 지우나니.

나뭇가지를 더우잡고 발을 뻗기도 하면서
무성한 나뭇잎 속에 숨어 수줍어하는
탐스럽게 잘도 익은 과일을 찾아
위태로운 이 짓에 가슴을 조이는 이때의 마음
저 하늘같이 맑기도 하다.

머리카락 같은 실바람이 아무리 나부껴도
메밀꽃밭에 춤추던 별들이 아무리 울어도
지난 날 예쁜이를 그리어 살며시 눈물지는,
그런 생각은 꿈밖에 꿈으로도 보이지 않는다.

남의 과일밭에 몰래 들어가
험상스런 얼굴과 억센 주먹을 두려워하면서
하나 둘 몰래 훔치던 어릴 적 철없던 마음이 다시
살아나자.
그립고 우습고 죄없던 그 기쁨이 오늘에도 있다.

부드럽게 쌓여 있는 이랑의 흙은
솥뚜껑을 열고 밥김을 맡는 듯 구수도 하고
나무에 달린 과일——푸른 그릇에 담긴 깍두기같이
입안에 맑은 침을 자아내나니.

첫 가을! 금호강(琴湖江) 굽이쳐 흐르고
벼이삭 배부르게 늘어져 섰는
이 벌판 한가운데 주저 앉아서
두 볼이 비자옵게 해 같은 능금을 나는 먹는다.

겨울 마음

물장사가 귓속으로 들어와 내 눈을 열었다.

보아라 !

까치가 뼈만 남은 나뭇가지에서 울음을 운다.

왜 이래 ?

서리가 덩달아 추녀 끝으로 눈물을 흘리는가.

내야 반가웁기만 하다 오늘은 따스겠구나.

말세의 희탄(欷嘆)

저녁의 피묻은 동굴(洞窟) 속으로
아——밑없는, 그 동굴 속으로
끝도 모르고
끝도 모르고
나는 거꾸러지련다.
나는 파묻히련다.

가을의 병든 미풍(微風)의 품에다
아——꿈꾸는 미풍의 품에다
낮도 모르고
밤도 모르고
나는 술 취한 집을 세우련다.
나는 속 아픈 웃음을 빚으련다.

반 딧 불

——단념(斷念)은 미덕(美德)이다——(루낭)

보아라 저기 !
아——니 또 여기 !

까마득한 저문 바다 등대와 같이
짙어 가는 밤하늘에 별낱과 같이
켜졌다 꺼졌다 깜작이는 반딧불 !

아 철없이 뒤따라 잡으려 마라
장미꽃 향내와 함께 듣기만 하여라
아낙네의 예쁨과 함께 맞기만 하여라.

조 선 병(朝鮮病)

어제나 오늘 보이는 사람마다 숨결이 막힌다.
오래간만에 만나는 반가움도 없이
참외꽃 같은 얼굴에 선웃음이 집을 짓더라.
눈보라 몰아치는 겨울 맛도 없이
고사리 같은 주먹에 진땀물이 굽이치더라.
저 하늘에다 동창이나 뚫으랴 숨결이 막힌다.

병적(病的) 계절

기러기 제비가 서로 엇갈림이 보기에 이리도 설운가,
귀뚜리 떨어진 나무옆을 부여잡고 긴 밤을 새네.
가을은 애달픈 목숨이 나누여질까 울 시절인가 보다.

가없는 생각 짬 모를 꿈이 그만 하나 둘 잦아지려는가,
홀아비같이 헤매는 바람떼가 한 배 가득 굽이치네.
가을은 구슬픈 마음이 앓다 못해 날뛸 시절인가 보다.

하늘을 보아라 야윈 구름이 떠돌아다니네.
땅 위를 보아라 젊은 조선이 떠돌아다니네.

달밤―도회(都會)

먼지 투성인 지붕 위로
달이 머리를 쳐들고 서네.

떡잎이 짙어진 거리의 포플라가 실바람에 불려
사람에게 놀란 도적이 손에 쥔 돈을 놓아 버리듯
하늘을 우러러 은(銀)쪽을 던지며 떨고 있다.

풋솜에나 비길 얇은 구름이
달에게로 달에게로 날아만 들어
바다 위에 섰는 듯 보는 눈이 어지럽다.

사람은 온 몸에 달빛을 입은 줄도 모르는가
둘씩 셋씩 짝을 지어 예사롭게 지껄인다.
아니다 웃을 때는 그들의 입에 달빛이 있다
달 이야긴가 보다.

아, 하다못해 오늘 밤만 등불을 꺼 버리자
촌각시같이 방구석에서 추녀 밑에서
달을 보고 얼굴을 붉힌 등불을 보려무나.

거리 뒷간 유리창에도 달은 내려와 꿈꾸고
있네.

폭풍우를 기다리는 마음

오랜 오랜 옛적부터
아, 몇 백년 몇 천년 옛적부터
호미와 가래에게 등심살을 빗기이고
감자와 기장에게 속기름을 빼앗기인
산촌(山村)의 뼈만 남은 땅바닥 위에서
아직도 사람은 수확(收獲)을 바라고 있다.

게으름을 빚어내는 이 늦은 봄날
「나는 이렇게도 시달렸노라……」
돌멩이를 내보이는 논과 밭──

거기서 조으는 듯 호미질하는
농사짓는 사람의 목숨을 나는 본다.

마음도 입도 없는 흙인 줄 알면서
얼마라도 더 달라고 정성껏 뒤지는
그들의 가슴엔 저주를 받을
숙명(宿命)이 주는 자족(自足)이 아직도 있다.
자족이 시킨 굴종(屈從)이 아직도 있다.

하늘에도 게으른 흰구름이 돌고
땅에서도 고달픈 침묵이 까라진
오──이런 날 이런 때에는
이 땅과 내 마음의 우울(憂鬱)을 부술
동해에서 폭풍우나 쏟아져라──빈다.

비를 다고

——농민의 정서(情緒)를 읊조림——

사람만 다라와질 줄로 알았더니
필경에는 믿고 믿던 하늘까지 다라와졌다
보리가 팔을 벌리고 달라다가 달라다가
이제는 곯아진 몸으로 목을 댓 자나 빠주고 섰구나!

반갑지도 않은 바람만 냅다 불어
가엾게도 우리 보리가 달증이 든 듯이 노랗다.
풀을 뽑느니 이랑에 손을 대 보느니 하는 것도
이제는 헛일을 하는가 싶어 맥이 풀려만진다!

거름이야 죽을 판 살 판 거루어 두었지만
비가 안 와서——원수놈의 비가 오지 않아서
보리는 벌써 목이 말라 입에 대지도 않는다.
이렇게 한창 동안만 더 간다면
그만——그만이다. 죽을 수밖에 없는 노릇이구나!

하늘아 한 해 열두 달 남의 일 해주고 겨우 사는 이 목숨이
곯아 죽으면 네 맘에 시원할 게 뭐란 말이냐
제발 빌자! 밭에서 갈잎 소리가 나기 전에
무슨 수가 나주어야 올해는 그대로 살아나 가보제!

도—쿄—에서

오늘이 다 되도록 일본의 서울을 헤매어도
나의 꿈은 문둥이 살끼 같은 조선의 땅을 밟고 돈다.

예쁜 인형들이 노는 이 도회의 호사로운 거리에서

나는 안 잊히는 조선의 하늘이 그리워 애달픈 마음에
노래만 부르노라.

동경(東京)의 밤이 밝기는 낮이다――그러나 내게
무엇이랴!

나의 기억은 자연이 준 등불 해금강(海金剛)의 달은 새로이
솟친다.

색채와 음향이 생활의 화려로운 아롱사(紗)를 짜는――

예쁜 일본의 서울에서도 나는 암멸(暗滅)을 서럽게――
달게 꿈꾸노라.

아 진흙과 집풀로 얽맨 움 밑에서 부처같이 벙어리로
사는 신령아

우리의 앞엔 가느나마 한 가닥 길이 뵈느냐――없느냐――
어둠뿐이냐?

거룩한 단순(單純)의 상징체인 흰 옷 그 너머 사는 맑은
네 맘에

숯불에 손 덴 어린 아기의 쓰라림이 숨은 줄을
뉘라서 알랴!

이별을 하느니

　어쩌면 너와 나 떠나야겠으며 아무래도 우리는
나뉘야겠느냐 ?
　남몰래 사랑하는 우리 사이에 우리 몰래 이별이 올 줄은
몰랐어라.

　꼭두로 오르는 정열에 가슴과 입술이 떨어 말보담
숨결조차 못 쉬노라.
　오늘 밤 우리들의 목숨이 꿈결같이 보일 애타는
네 맘 속을 내 어이 모르랴.

　애인아 하늘을 보아라 하늘이 까라졌고 땅을 보아라
땅이 꺼졌도다.
　애인아 내 몸이 어제같이 보이고 네 몸도 아직 살아서
내 곁에 앉았느냐 ?

　어쩌면 너와 나 떠나야겠으며 아무래도 우리는
나뉘야겠느냐 ?
　우리 둘이 나뉘어 생각고 사느니 차라리 바라보며 우는
별이나 되자 !

　사랑은 흘러가는 마음 위해서 웃고 있는 가비얍은
갈대꽃인가.

때가 오면 꽃송이는 곯아지며 때가 가면 떨어졌다 썩고
마는가.

　남의 기림에서만 믿음을 얻고 남의 미움에서는 외롬만
받을 너이었드냐.
　행복을 찾아선 비웃음도 모르는 인간이면서 이
고행(苦行)을 싫어할 나이었드냐.

　애인아 물에다 물탄 듯 서로의 사이에 경계(境界)가 없던
우리 마음 위로
　애인아 검은 거름애 오르락내리락 소리도 없이
어른거리도다.

　남몰래 사랑하는 우리 사이에 우리 몰래 이별이 올 줄은
몰랐어라.
　우리 둘이 나뉘어 사람이 되느니 차라리 피울음 우는
두견(杜鵑)이 되자!

　오려무나 더 가까이 내 가슴을 안으라 두 마음
한 가락으로 얼어 보고 싶다.
　자그마한 부끄럼과 서로 아는 미쁨 사이로 눈 감고 오는
방임(放任)을 맞이하자.

　아 주름 접힌 네 얼굴——이별이 주는 애통이냐 이별은
쫓고 내게로 오너라.
　상아(象牙)의 십자가 같은 네 허리만 더위잡는 팔 안으로

달려만 오너라.

애인아 손을 다고 어둠 속에도 보이는 납색(蠟色)의 손을
내 손에 쥐어 다고.
애인아 말해 다고 벙어리 입이 말하는 침묵의 말을
내 눈에 일러다고.

어쩌면 너와 나 떠나야겠으며 아무래도 우리는
나눠야겠느냐?
우리 둘이 나눠어 미치고 마느니 차라리 바다에 빠져
두 머리 인어(人魚)로나 되어서 살자!

오늘의 노래

나의 신령!
우울을 헤칠 그 날이 왔다!
나의 목숨아!
발악을 해 볼 그 때가 왔다.

사천 년이란 오랜 동안에
오늘의 이 아픈 권태(倦怠) 말고도 받은 것이 있다면 그게
무엇이랴,
시기(猜忌)에서 난 분열과 게서 얻은 치욕(恥辱)이나
열정을 죽였고
새로 살아날 힘조차 뜯어먹으려는——
관성(慣性)이란 해골의 떼가 밤낮으로 도깨비 춤추는 것뿐이
아니냐?
아——문둥이의 송장 뼉다구보다도 더 무서운 이 해골을
태워 버리자! 태워 버리자!

부끄러워라 제 입으로도 거룩하다 자랑하는 나의 몸은
안을 수 없는 이 괴롬을 피하려 잊으려

선웃음치고 하품만 하며 해채 속에서 조을고 있다.

그러나 아직도――

쉴 사이 없이 옮아 가는 자연의 변화가 내 눈에

내 눈에 보이고

「죽지도 살지도 않는 너는 생명이 아니다」란 내 맘의

비웃음까지 들린다.

아 서리맞은 배암과 같은 이 목숨이나마 끊어지기 전에

입김을 불어넣자 핏물을 들여보자.

묵은 옛날은 돌아보지 말려 기억을 무찔러 버리고

또 하루 못 살면서 먼 앞날을 쫓아가려는 공상도

말아야겠다.

게으름이 빚어 낸 졸음 속에서 나올 것이란 죄 많을

잠꼬대뿐이니

오랜 병으로 혼백(魂魄)을 잃은 나에게 무슨 놀라움이

되랴

애달픈 멸망의 해골이 되려는 나에게 무슨 영약(靈藥)이

되랴.

아 오직 오늘의 하루로부터 먼첨 살아나야겠다.

그리하여 이 하루에서만 영원을 잡아 쥐고 이 하루에서

세기(世紀)를 헤아리려

권태를 부수자! 관성(慣性)을 죽이자!

나의 신령아!

우울을 헤칠 그 날이 왔다.

나의 목숨아!

발악을 해 볼 그 때가 왔다.

가장 비통한 기욕(祈慾)

──간도이민(間島移民)을 보고──

아, 가도다, 가도다, 쫓쳐가도다
잊음 속에 있는 간도(間島)와 요동(遼東)벌로
주린 목숨 움켜쥐고 쫓쳐가도다
진흙을 밥으로, 햇채를 마서도
마구나 가졌드면, 단잠은 얽맬 것을──
사람을 만든 검아, 하루 일찍
차라리 주린 목숨 뺏어 가거라!

아, 사노라, 사노라, 취해 사노라,
자포(自暴) 속에 있는 서울과 시골로
멍든 목숨 행여 갈까, 취해 사노라
어둔 밤 말없는 돌을 안고서
피울음을 울드면, 설움은 풀릴 것을──
사람을 만든 검아, 하루 일찍
차라리 취한 목숨, 죽여 바리라!

지반정경(池畔靜景)

——파계사(把溪寺) 용소(龍沼)에서——

능수버들의 거듭 포개인 잎 사이에서
해는 주등색(朱橙色)의 따사로운 웃음을 던지고,
깜푸르게 몸꼴꿈인, 저 편에선
남 모르게 하는, 바람의 군소리——가만히 오다.

나는 아무 빛갈래도 없는 욕망과 기원으로
어디인지도 모르는 생각의 바다 속에다,
원무(圓舞) 추는 영혼을 뜻대로 보내며,
여름 우수(憂愁)에 잠긴 풀 사잇길을 오만(傲慢)스럽게
밟고 간다.

우거진 나무 밑에 넋빠진 옛 몸은
속마음 깊게——고요롭게——미끄러우며
생각에 겨운 눈알과 같이
이름도 얼굴도 모르는 빈 꿈을 얽매더라.

물 위로 죽은 듯 엎디어 있는
끝도 없이 열푸른 하늘의 영원성(永遠性) 품은 빛이,
그리는 애인을 뜻밖에 만난 미친 마음으로,
내 가슴에 나도 몰래 숨었던 나라와 어우러지다.

나의 넋은 바람결의 구름보다도 연약(軟弱)하여라

잠자리와 제비 뒤를 따라, 가볍게 돌며
별나라로 오르다——갑자기 흙 속으로 기어 들고
다시는, 해묵은 낙엽과 고목의 거미줄과도 헤매이노라.

저문 저녁에, 쫓겨난 쇠북소리 하늘 너머로 사라지고,
이 날의 마지막 놀이로, 어린 고기들 물놀이 칠 때,
내 머리 속에서 단잠 깬 기억은, 새로이, 이 곳 온 까닭을
생각하노라.
이 못이 세상 같고, 내 한 몸이 모든 사람 같기도 하다!
아 너그럽게도 숨막히는 그윽일러라, 고요로운
설움일러라.

통   곡

하늘을 우러러
울기는 하여도
하늘이 그리워 울음이 아니다.
두 발을 못 뻗는 이 땅이 애달퍼
하늘을 흘기니
울음이 터진다.
해야 웃지 마라
달도 뜨지 마라.

원시적 읍울(悒鬱)

──어촌애경(漁村哀景)──

  방랑성(放浪性)을 품은 에메랄드 널판의 바다가 말없이
엎디었음이
  뫼머리에서 늦여름의 한낮 숲을 보는 듯──조으는
얼굴일러라.
  짜증나게도 늘어진 봄날 오후(午後)의 하늘이야 회기도
하여라.
  거기선 이따금 어머니의 젖꼭지를 빠는 어린애 숨결이
날려오도다.
  사선(斜線) 언덕 위로 쭈그리고 앉은 두어 집 울타리마다
  걸어 둔 그물에 틈틈이 끼인 조개껍질은 멀리서 웃는
이빨일러라.
  마을 앞으로 엎디어 있는 모래길에는 아무도 없구나
  지난 밤 밤낚시에 나른하여──낮잠의 단술을
마심인가 보다.
  다만 두서넛 젊은 아낙네들이 붉은 치마 입은 허리에
광주리를 달고
  바다의 꿈 같은 미역을 거두며 여울돔에서 여울돔으로
건너만 간다.
  잠결에 듣는 듯한 뻐꾸기의 부드럽고도 구슬픈 울음소리에
  늙은 삽사리 목을 빼고 살피다간 다시 눈 감고 조을더라.
  나의 가슴엔 갈매기떼와 함께 수평선(水平線) 밖으로
넘어가는 마음과
  넋 잃은 시선(視線)──어느 것 보이지도 보려도 않는
물같은 생각의 구름만 쌓일 뿐이어라.

본능(本能)의 노래

밤새도록, 하늘의 꽃밭이, 세상으로 옵시사 비는 입에서나,
날샀에 팔려, 과년해진 몸을 모시는 흙마루에서나
앓는 이의 조으는 숨결에서나, 다시는,
모든 것을 시들프게 아는, 늙은 마음 위에서나,
어디서, 언제일는지,
사람의 가슴에, 뛰놀던 가락이, 너무나 고달파지면,
「목숨은 가엾은 부림꾼이라」 곱게도 살찌게, 쓰담아 주려,
입으론 하품이 흐르더니——이는 신령의 풍류이어라.
몸에선 기지개가 켜이더니——이는 신령의 춤이어라.

이 풍류의 소리가, 네 입에서, 사라지기 전,
이 춤의 발자국이, 네 몸에서, 떠나기 전,
(그 때는 가벼운 몸자리를 굶음보다도, 밤마다, 꿈만 꾸던
두 입술이, 비로소 맞붙는 그 때일러라.)
그 때의 네 눈엔, 간악한 것이 없고 죄로운 생각은, 네 맘을
밟지 못하도다,
아, 만입을 내가, 가진 듯, 거룩한 이 동안을, 나는
기리노라.
때마다, 흘겨보고, 꿈에도 싸우던 넋과 몸이, 어우러지는
때다.
나는 무덤 속에 가서도, 이같이 거룩한 때에, 살고자
하려노라.

가을의 풍경

맥 풀린 햇살에 번쩍이는 나무는 선명하기 동양화일러라.
흙은, 아낙네를 감은 천아융(天鵞絨) 허리띠 같이도
따습어라.

무거워 가는 나비 나래는 드물고도 쇠(衰)하여라,
아, 멀리서 부는 피리 소린가! 하늘 바다에서 헤엄질하다.

병(病) 들어 힘없이도 섰는 잔디풀——나뭇가지로
미풍(微風)의 한숨은, 가는(細) 목을 메고 껄떡이어라.

참새 소리는, 제 소리의 몸짓과 함께 가볍게 놀고
온실(溫室) 같은 마루 끝에 누운 검은 괴의 등은,
부드럽게도 기름져라.

청춘(靑春)을 잃어버린 낙엽(落葉)은, 미친 듯, 나부끼어라,
서럽게도, 길겁게 조으름 오는 적멸(寂滅)이 더부렁거리다.

사람은, 부질없이, 가슴에다, 까닭도 모르는, 그리움을 안고,
마음과 눈으로, 지나간 푸름의 인상(印像)을 허공(虛空)에다
그리어라.

단   조(單調)

비 오는 밤
까라앉은 하늘이
꿈꾸듯 어두워라.

나뭇잎마다에서
젖은 속살거림이
끊이지 않을 때일러라.

마음의 막다른
낡은 뛰 집에선
넌지 모르나 까닭도 없어라.

눈물 흘리는 적(笛) 소리만
가없는 마음으로
고요히 방울지우다.

저——편에 늘어섰는
백양(白楊)나무 숲의 살찐 거름애는
잊어버린 기억(記憶)이 떠돔과 같이
침울(沈鬱)——몽롱한
「캔바스」 위에서 흐늑이다.

아 ! 야릇도 하여라
야밤의 고요함은
내 가슴에도 깃들이다.

벙어리 입술로
떠도는 침묵은
추억의 녹긴 창(窓)을
죽일 숨 쉬며 엿보아라.

아 ! 자취도 없이
나를 껴안는
이 밤의 훗짐이 서러워라.

비 오는 밤
까라앉은 영혼(靈魂)이
죽은 듯 고요도 하여라.

내 생각의
거미줄 끝마다에서도
적은 속살거림은
줄곧 쉬지 않어라.

무　제(無題)

오늘 이 길을 밟기까지는
아 그 때가 가장 괴롭도다.
아직도 남은 애달픔이 있으려니
그를 생각는 오늘이 쓰리고 아프다.

헛 웃음 속에 세상이 잊어지고
끄을리는 데 사람이 산다면
검아 나의 신령을 돌멩이로 만들어 다고
제 살이의 길은 제 찾으려는 그를 죽여다고

참 웃음의 나라를 못 밟을 나이라면
차라리 속 모르는 죽음에 빠지련다.
아 멍들고 이울어진 이 몸은 묻고
쓰린 이 아픔만 품 깊이 안고 죽으련다.

청   년

청년(青年)──그는 동망(憧望)──제대로 노리는
향락(享樂)의 임자
첫 여름 돋는 해의 혼령(魂靈)일러라.

흰 옷 입은 내 어느덧 스물 젊음이어라
그러나 이 몸은 울음의 왕이어라.

마음은 하늘 가를 날으면서도
가슴은 붉은 땅을 못 떠나노라

바람도 기쁨도 어린애 잠꼬대로
해 밑에서 밤 자리로 (六字 未詳)

청년──흰 옷 입은 나는 비수(悲愁)의 임자
느껴울 빚은 술의 생명일러라.

서러운 해조(諧調)

하얗던 해는
떨어지려 하여
헐떡이며
피 뭉텅이가 되다.

샛붉은 마음
늙어지려 하여
곯아지며
굼벵이집이 되다.

하루 가운데
오는 저녁은
너그럽다는 하늘의
못 속일 멍텅일러라.

일생 가운데
오는 젊음은
복스럽다는 인간의
못 감출 설움일러라.

빈촌(貧村)의 밤

봉창 구멍으로 나르―ㄴ하여 조으노라
깜작이는 호롱불――
햇빛을 꺼리는 늙은 눈알처럼
세상 밖에서 앓는다, 앓는다.

아, 나의 마음은,
사람이란 이렇게도
광명을 그리는가――
담조차 못 가진 거적문 앞에를,
이르러 들으니, 울음이 돌더라.

조 소(嘲笑)

두터운 이불을,
포개 덮어도,
아직 추운,
이 겨울 밤에,
언 길을, 밟고 가는
장돌림, 봇짐장사,
재 너머 마을,
저자 보러,
중얼거리며
헐떡이는 숨결이,
아——
나를 보고, 나를
비웃으며 지난다.

이육사 편

광　야(曠野)

까마득한 날에
하늘이 처음 열리고
어데 닭 우는 소리 들렸으랴

모든 산맥들이
바다를 연모(戀慕)해 휘달릴 때도
차마 이 곳을 범(犯)하던 못 하였으리라

끊임없는 광음(光陰)을
부지런한 계절이 피어선 지고
큰 강물이 비로소 길을 열었다

지금 눈 내리고
매화향기 홀로 아득하니
내 여기 가난한 노래의 씨를 뿌려라

다시 천고(千古)의 뒤에
백마 타고오는 초인(超人)이 있어
이 광야에서 목놓아 부르게 하리라

황　혼(黃昏)

내 골방의 커—튼을 걷고
정성된 맘으로 황혼(黃昏)을 맞아들이노니
바다의 흰 갈매기들같이도
인간(人間)은 얼마나 외로운 것이냐

황혼아 네 부드러운 손을 힘껏 내밀라
내 뜨거운 입술을 맘대로 맞추어 보련다
그리고 네 품안에 안긴 모—든 것에
나의 입술을 보내게 해다오

저—십이성좌(十二星座)의 반짝이는 별들에게도
종소리 저문 삼림(森林) 속 그윽한 수녀(修女)들에게도
시멘트 장판 위 그 많은 수인(囚人)들에게도
의지할 가지없는 그들의 심장이 얼마나 떨고 있을가

「고비」사막을 끊어가는 낙타(駱駝) 탄 행상대(行商隊)에게나
「아프리카」녹음(綠陰) 속 활 쏘는 「인데안」에게라도
황혼(黃昏)아 네 부드러운 품안에 안기는 동안이라도

지구(地球)의 반(半)쪽만을 나의 타는 입술에 맡겨다오

내 5월의 골방이 아늑도 하오니
황혼(黃昏)아 내일도 또 저——푸른 커—튼을 걷게 하겠지
정정(情情)히 살아지긴 시냇물 소리 같아서
한 번 식어지면 다시는 돌아올 줄 모르나 보다

——5월의 병상(病床)에서——

청포도(青葡萄)

내 고장 7월은
청포도가 익어 가는 시절

이 마을 전설이 주저리주저리 열리고
먼 데 하늘이 꿈꾸며 알알이 들어와 박혀

하늘 밑 푸른 바다가 가슴을 열고
흰 돛단 배가 곱게 밀려서 오면

내가 바라는 손님은 고달픈 몸으로
청포(青袍)를 입고 찾아온다고 했으니

내 그를 맞아 이 포도를 따 먹으면
두 손은 함뿍 적셔도 좋으련

아이야 우리 식탁엔 은쟁반에
하이얀 모시 수건을 마련해 두렴

노 정 기 (路程記)

목숨이란 마—치 깨여진 배 쪼각
여기저기 흩어져 마을 이 한구죽죽한 어촌(漁村)보다 어설프고
삶의 티끌만 오래 묵은 포범(布帆)처럼 달아매였다.

남들은 기뻤다는 젊은 날이었것만
밤마다 내 꿈은 서해를 밀항(密航)하는 「쩡크」와 같애
소금에 쩔고 조수(潮水)에 부풀어 올랐다.

항상 흐릿한 밤 암초(暗礁)를 벗어나면 태풍과 싸워 가고
전설에 읽어 본 산호도(珊瑚島)는 구경도 못하는
그 곳은 남십자성(南十字星)이 비쳐주도 않았다.

쫓기는 마음 ! 지친 몸이길래
그리운 지평선을 한숨에 기어오르면
시궁치는 열대식물처럼 발목을 오여쌌다.

새벽 밀물에 밀려온 거미인 양
다 삭아빠진 소라 껍질에 나는 붙어왔다.
머—ㄴ 항구의 노정(路程)에 흘러간 생활을 들여다보며

소년(少年)에게

차디찬 아침 이슬
진주가 빛나는 못가
연(蓮)꽃 하나 다복히 피고

소년(少年)아 네가 낳다니
맑은 넋에 깃들여
박꽃처럼 자랐세라

큰 강 목놓아 흘러
여울은 흰 돌쪽마다
소리 석양(夕陽)을 새기고

너는 준마(駿馬) 달리며
죽도(竹刀) 저 곧은 기운을
목숨같이 사랑했거늘

거리를 쫓아다녀도
분수(噴水)있는 풍경(風景) 속에
동상답게 서 봐도 좋다

서풍(西風) 뺨을 스치고
하늘 한가 구름 뜨는 곳
희고 푸른 지음을 노래하며

그래 가락은 흔들리고
별들 춥다 얼어붙고
너조차 미친들 어떠랴

교　목(喬木)

푸른 하늘에 닿을 듯이
세월에 불타고 우뚝 남아 서서
차라리 봄도 꽃 피진 말어라.

낡은 거미집 휘두르고
끝없는 꿈길에 혼자 설레이는
마음은 아예 뉘우침 아니리

검은 그림자 쓸쓸하면
마침내 호수 속 깊이 거꾸러져
차마 바람도 흔들진 못해라.

연　보(年譜)

「너는 돌다릿목에서 쥐 왔다」던
할머니 핀잔이 참이라고 하자

나는 진정 강(江)언덕 그 마을에
버려진 문받이였는지 몰라?

그러기에 열 여덟 새봄은
버들피리 곡조에 불어 보내고

첫사랑이 흘러간 항구의 밤
눈물 섞어 마신 술 피보다 달더라

공명이 마다곤들 언제 말이나 했나?
바람에 부쳐 돌아온 고장도 비고

서리 밟고 걸어간 새벽 길 위에
간(肝)잎만 새하얗게 단풍이 들어

거미줄만 발목에 걸린다 해도
쇠사슬을 잡어맨 듯 무거워졌다

눈 위에 걸어가면 자국이 지리라고
때로는 설레이며 파람도 불지

강 건너 간 노래

섣달에도 보름께 달 밝은 밤
앞냇강 쨍쨍 얼어 조이던 밤에
내가 부른 노래는 강 건너갔소

강 건너 하늘 끝에 사막(沙漠)도 닿은 곳
내 노래는 제비같이 날어서 갔소

못 잊을 계집애 집조차 없다기에
가기는 갔지만 어린 날개 지치면
그만 어느 모랫불에 떨어져 타서 죽겠죠.

사막(沙漠)은 끝없이 푸른 하늘이 덮여
눈물 먹은 별들이 조상 오는 밤

밤은 옛일을 무지개보다 곱게 짜내나니
한 가락 여기 두고 또 한 가락 어데멘가
내가 부른 노래는 그 밤에 강(江) 건너갔소.

아 편(鴉片)

나릿한 남만(南蠻)의 밤
번제(燔祭)의 두렛불 타오르고

옥(玉) 돌보다 찬 넋이 있어
홍역(紅疫)이 발반하는 거리로 쏠려

거리엔 「노아」의 홍수 넘쳐나고
위태한 섬 위에 빛난 별 하나

너는 고 알몸동아리 향기를
봄바다 바람 실은 돛대처럼 오라

무지개같이 황홀(恍惚)한 삶의 광영(光榮)
죄(罪)와 곁들여도 삶직한 누리.

나의 뮤—즈

아주 헐벗은 나의 뮤—즈는
한 번도 기야 싶은 날이 없어
사뭇 밤만을 왕자처럼 누려 왔소

아무것도 없는 주제였만도
모든 것이 제 것인 듯 뻐티는 멋이야
그냥 인드라의 영토(領土)를 날아도 다닌다오

고향은 어데라 물어도 말은 않지만
처음은 정녕 북해안(北海岸) 매운 바람 속에 자라
대곤(大鯤)을 타고 다녔던 것이 일생의 자랑이죠

계집을 사랑커든 수염이 너무 주체스럽다도
취하면 행랑 뒷골목을 돌아서 다니며
복(袱)보다 크고 흰 귀를 자주 망토로 가리오

그러나 나와는 몇천 겁(劫) 동안이나
바루 비취(翡翠)가 녹아나는 듯한 돌샘가에
향연(饗宴)이 벌어지면 부르는 노래란 목청이 외골수요

밤도 지진하고 닭소리 들릴 때면
그만 그는 별 계단(階段)을 성큼성큼 올라가고
나는 초人불도 꺼져 백합(百合)꽃 밭에 옷깃이 젖도록 잤소

자야곡(子夜曲)

수만 호 빛이래야 할 내 고향이언만
노랑나비도 오잖는 무덤 위에 이끼만 푸르리라.

슬픔도 자랑도 집어삼키는 검은 꿈
파이프엔 조용히 타오르는 꽃불도 향기론데

연기는 돛대처럼 날려 항구에 들고
옛날의 들창마다 눈동자엔 짜운 소금이 저려

바람 불고 눈보라 치잖으면 못살이라
매운 술을 마셔 돌아가는 그림자 발자취 소리

숨막힐 마음 속에 어데 강물이 흐르뇨
달은 강을 따르고 나는 차디찬 강맘에 드리라

수만 호 빛이래야 할 내 고향이언만
노랑나비도 오잖는 무덤 위에 이끼만 푸르리라.

아　미(娥眉)

──구름의 백작부인(伯爵夫人)──

향수(鄕愁)에 철나면 눈썹이 기난이요
바다랑 바람이랑 그 사이 태어났고
나라마다 어진 풍속에 자랐겠죠.

짓푸른 깁장(帳)을 나서면 그 몸매
하이얀 깃옷은 휘둘러 눈부시고
정녕 「왈츠」라도 추실란가 봐요.

햇살같이 펼쳐진 부채는 감춰도
도톰한 손결야 교소(嬌笑)를 가루어서
공주의 홀(笏)보다 깨끗이 떨리오.

언제나 모듬에 지쳐서 돌아오면
꽃다발 향기조차 기억만 서로워라
찬 젓대 소리에다 옷끈을 흘려보내고.

촛불처럼 타오른 가슴 속 사념은
진정 누구를 애끼시는 속죄(贖罪)라오
발 아래 가득히 황혼이 나우리치오

달빛은 서늘한 원주(圓柱)아래 듭시면
장미(薔薇) 쩌 이고 장미 쩌 흩으시고
아련히 가시는 곳 그 어딘가 보이오.

절　정(絶頂)

매운 계절(季節)의 채쭉에 갈겨
마침내 북방(北方)으로 휩쓸려오다

하늘도 그만 지쳐 끝난 고원(高原)
서릿발 칼날진 그 위에 서다

어데다 무릎을 꿇어야 하나?
한 발 재겨 디딜 곳조차 없다

이러매 눈 감아 생각해 볼밖에
겨울은 강철로 된 무지갠가 보다.

해　후(邂逅)

　모든 별들이 비취계단(翡翠階段)을 내리고 풍악소리 바루
조수처럼 부풀어 오르던 그 밤 우리는 바다의 전당(殿堂)을
떠났다

　가을 꽃을 하직하는 나비모양 떨어져선 다시 가까이
되돌아 보곤 또 멀어지던 흰 날개 위엔 볕ㅅ살도 따겁더라

　머나먼 기억(記憶)은 끝없는 나그네의 시름 속에 자라나는

너를 간직하고 너도 나를 아껴 항상 단조한 물결에 익었다

  그러나 물결은 흔들려 끝끝내 보이지 않고 나조차
계절풍(季節風)의 넋이 같이 휩쓸려 정치못 일곱 바다에
밀렸거늘

  너는 무슨 일로 사막의 공주같아 연지 찍은 붉은 입술을
내 근심에 표백된 돛대에 거느뇨 오──안타까운 신월(新月)

  때론 너를 불러 꿈마다 눈 덮인 내 섬 속 투명한
영락(玲珞)으로 세운 집안에 머리 푼 알몸을 황금 정쇄(頂鎖)
족쇄(足鎖)로 매어 두고

  귓밤에 우는 구슬과 사슬 끊는 소리 들으며 나는 이름도
모를 꽃밭에 물을 뿌리며 머─ㄴ 다음 날을 빌었더니

  꽃들이 피면 향기에 취(醉)한 나는 잠든 틈을 타 너는
온갖 화판(花瓣)을 따서 날개를 붙이고 그만 어데로
날아갔더냐

  지금 놀이 나려 선창(船窓)이 고향의 하늘보다 둥글거늘
검은 망토를 두르기는 지나간 세기(世紀)의 상장(喪章) 같애
슬프지 않은가

  차라리 그 고운 손에 흰 수건을 날리렴 허무의
분수령(分水嶺)에 앞날의 깃(旗)발을 걸고 너와 나와는
또 흐르자 부끄럽게 흐르자

호　　수(湖水)

내여달리고 저운 마음이련만은
바람에 씻은 듯 다시 명상(瞑想)하는 눈동자

때로 백조(白鳥)를 불러 휘날려 보기도 하건만
그만 기슭을 안고 돌아누워 혹혹 느끼는 밤

희미한 별 그림자를 씹어 노외는 동안
자줏빛 안개 가벼운 명모(瞑帽)같이 내려씌운다.

남한산성

넌 제왕(帝王)에 길들인 교룡(蛟龍)
화석(化石)되는 마음에 이끼가 끼여

승천(昇天)하는 꿈을 길러 준 열수(洌水)
목이 째지라 울어 예가도

저녁 놀빛을 걷어 올리고
어데 비바람 있음직도 안해라.

꽃

동방은 하늘도 다 끝나고
비 한 방울 내리잖는 그 땅에도
오히려 꽃은 발갛게 되지 않는가
내 목숨을 꾸며 쉬임없는 날이며

북쪽 「툰드라」에도 찬 새벽은
눈 속 깊이 꽃 맹아리가 옴작거려
제비떼 까맣게 날아오길 기다리나니
마침내 저버리지 못할 약속(約束)이며!

한바다 복판 용솟음치는 곳
바람결 따라 타오르는 꽃성(城)에는
나비처럼 취(醉)하는 회상(回想)의 무리들아
오늘 내 여기서 너를 불러 보노라

일   식(日蝕)

쟁반에 먹물을 담아 햇살을 비쳐본 어린 날
불개는 그만 하나밖에 없는 내 날을 먹었다

날과 땅이 한 줄 위에 돈다는 고 순간(瞬間)만이라도
차라리 헛말이기를 밤마다 정녕 빌어도 보았다

마침내 가슴은 동굴(洞窟)보다 어두워 설레인고녀
다만 한 봉오리 피려는 장미 벌레가 좀 치렀다

그래서 더 예쁘고 진정 덧없지 아니하냐
또 어데 다른 하늘을 얻어 이슬 젖은 별빛에 가꾸련다.

─── ××에게 주는 ───

독   백(獨白)

운모(雲母)처럼 희고 찬 얼굴
그냥 주검에 물든 줄 아나
내 지금 달 아래 서서 있네

돛대보다 높다란 어깨
얇은 구름쪽 거미줄 가려
파도나 바람을 귀밑에 듣네

갈매긴 양 떠도는 심사
어데 하난들 끝간 델 알리
오롯한 사념(思念)을 기폭(旗幅)에 흘리네

선창(船窓)마다 푸른 막 치고
촛불 향수(鄕愁)에 찌르르 타면
운하(運河)는 밤마다 무지개 지네

박쥐 같은 날개나 펴면
아주 흐린 날 그림자 속에
떠서는 날잖는 사복이 됨세

닭소리나 들리면 가랴
안개 뽀얗게 내리는 새벽
그 곳을 가만히 내려서 감세

반　묘 (斑猫)

어느 사막(沙漠)의 나라 유폐(幽閉)된 후궁(后宮)의
넋이기에
　몸과 마음도 아롱져 근심스러워라.

　칠색(七色) 바다를 건너서 와도 그냥 눈동자(瞳子)에
　고향의 황혼(黃昏)을 간직해 서럽지 안뇨.

　사람의 품에 깃들면 등을 굽히는 짓새
　산맥(山脈)을 느낄사록 끝없이 게을러라.

　그 적은 포효(咆哮)는 어느 조선(祖先) 때
유전(遺傳)이길래
　마노(瑪瑙)의 노래야 한층 더 잔조우리라.

　그보다 뜰 아래 흰나비 나즉이 날아올 땐
　한낮의 태양(太陽)과 튤립 한 송이 지킴직하고

파　초(芭蕉)

항상 앓는 나의 숨결이 오늘은
해월(海月)처럼 게을러 은(銀)빛 물결에 뜨나니

파초(芭蕉) 너의 푸른 옷깃을 들어
이닷 타는 입술을 축여주렴

그 옛적 「사라센」의 마지막 날엔
기약(期約) 없이 흩어진 두 낱 넋이었어라

젊은 여인(女人)들의 잡아 못 논 소매끝엔
고운 손금조차 아직 꿈을 짜는데

먼 성좌(星座)와 새로운 꽃들을 볼 때마다
잊었던 계절(季節)을 몇 번 눈 위에 그렸느뇨

차라리 천년(千年) 뒤 이 가을밤 나와 함께
빗소리는 얼마나 긴가 재어 보자

그리고 새벽 하늘 어데 무지개 서면
무지개 밟고 다시 끝없이 헤어지세

말

흐트러진 갈기
후줄근한 눈
밤송이 같은 털
오! 먼 길에 지친 말
채찍에 지친 말이여!
수굿한 목통
축 처──진 꼬리
서리에 번쩍이는 네 굽
오! 구름을 헤치려는 말
새해에 소리칠 흰 말이여!

 ＊이 시(詩)는 이육사 최초의
 시(詩)작품으로 1930년 1월
 3일자 조선일보에 발표된
 것임.

소 공 원 (小公園)

한낮은 햇발이
백공작(白孔雀) 꼬리 위에 합북 퍼지고

그 너머 비둘기 보리밭에 두고 온
사랑이 그립다고 근심스레 코 골며

해오래비 청춘(靑春)을 물가에 흘려보냈다고
쭈그리고 앉아 비를 부르건마는

흰 오리떼만 분주히 미끼를 찾아
자무락질치는 소리 약간 들리고

언덕은 잔디밭 파라솔 돌리는 이국소년(異國少年) 둘
해당화(海棠花) 같은 뺨을 돌려 망향가(望鄕歌)도 부른다.

실   제(失題)

하늘이 높기도 하다
고무풍선 같은 첫겨울 달을
누구의 입김으로 불어 올렸는지?
그도 반 넘어 서쪽에 기울어졌다

행랑 뒷골목 휘젓한 상술집엔
팔려 온 냉해지 처녀(冷害地 處女)를 둘러싸고
대학생(大學生)의 지질숙한 눈초리가
사상선도(思想善導)의 염탐 밑에 떨고만 있다

「라디오」의 수양강화(修養講話)가 끝이 났는지?
마——장 구락부(俱樂部) 문(門)간은 하품을 치고
「빌딩」 돌담에 꿈을 그리는 거지새끼만
이 도시의 양심(良心)을 지키나 보다

바람은 밤을 집어삼키고
아득한 가스 속을 홀러서 가니
거리의 주인공인 해태의 눈깔은
언제나 말갛게 푸르러 오노

(12월 초야)

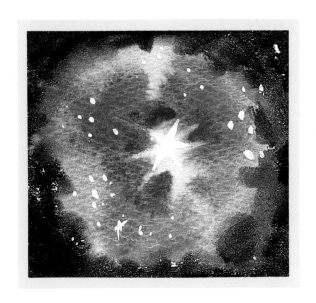

한 개의 별을 노래하자

한 개의 별을 노래하자 꼭 한 개의 별을
십이성좌(十二星座) 그 숱한 별을 어찌나 노래하겠니

꼭 한 개의 별! 아침 날 때 보고 저녁 들 때도 보는 별
우리들과 아—주 친(親)하고 그 중 빛나는 별을 노래하자
아름다운 미래(未來)를 꾸며 볼 동방(東方)의 큰 별을
가지자

한 개의 별을 가지는 건 한 개의 지구(地球)를 갖는 것

아롱진 설움 밖에 잃을 것도 없는 낡은 이 땅에서
한 개의 새로운 지구를 차지할 오는 날의 기쁜 노래를
목 안에 피ㅅ대를 올려 가며 마음껏 불러 보자

처녀의 눈동자를 느끼며 돌아가는 군수야업(軍需夜業)의
젊은 동무들
푸른 샘을 그리는 고달픈 사막의 행상대(行商隊)도 마음을
축여라
화전(火田)에 돌을 줍는 백성들도 옥야천리(沃野千里)를
차지하자

다 같이 제멋에 알맞는 풍양(豊禳)한 지구의 주재자(主宰者)로
임자 없는 한 개의 별을 가질 노래를 부르자

한 개의 별 한 개의 지구 단단히 다져진 그 땅 위에
모든 생산의 씨를 우리의 손으로 휘뿌려 보자
앵속(罌粟)처럼 찬란한 열매를 거두는 찬연(餐宴)엔
예의에 끄림없는 반취(半醉)의 노래라도 불러 보자

염리한 사람들을 다스리는 신(神)이란 항상 거룩합시니
새 별을 찾아가는 이민들의 그 틈엔 안 끼어 갈테니
새로운 지구에단 죄(罪)없는 노래를 진주처럼 훗치자

한 개의 별을 노래하자 다만 한 개의 별일망정
한 개 또 한 개 십이성좌 모든 별을 노래하자.

초 가 (草家)

구겨진 하늘은 묵은 얘기책을 편 듯
돌담울이 고성(古城)같이 둘러싼 산기슭
박쥐 나래 밑에 황혼이 묻혀오면
초가 집집마다 호롱불이 켜지고
고향을 그린 묵화(墨畵) 한 폭 좀이 쳐.

띄엄띄엄 보이는 그림 쪼각은
앞밭에 보리밭에 말매나물 캐러 간
가시내는 가시내와 종달새 소리에 반해

빈 바구니 차고 오긴 너무도 부끄러워
술레짠 두 뺨 위에 모매꽃이 피었고.

그네 줄에 비가 오면 풍년(豊年)이 든다더니
앞냇강에 씨레나무 밀려 내리면
젊은이는 젊은이와 뗏목을 타고
돈 벌로 항구로 흘러간 몇 달에
서릿발 잎져도 못 오면 바람이 분다.

피로 가꾼 이삭에 참새로 날아가고
곰처럼 어린 놈이 북극(北極)을 꿈꾸는데
늙은이는 늙은이와 싸우는 입김도

벽에 서려 성에 끼는 한겨울 밤은
동리(洞里)의 밀고자(密告者)인 강물조차 얼붙는다.

——유폐(幽廢)된 지역(地域)에서——

편   복(蝙蝠)

광명을 배반한 아득한 동굴에서
다 썩은 들보가 무너진 성채(城砦) 위 너 홀로 돌아다니는
가엾은 박쥐여! 어둠의 왕자(王者)여!
쥐는 너를 버리고 부자집 곳(庫)간으로 도망했고
대붕(大鵬)도 북해로 날아간지 이미 오래거늘

검은 세기(世紀)에 상장(喪裝)이 갈갈이 찢어질 긴 동안
비둘기 같은 사랑을 한 번도 속삭여 보지도 못한
가엾은 박쥐여! 고독(孤獨)한 유령(幽靈)이여!

앵무와 함께 종알대어 보지도 못하고
딱따구리처럼 고목을 쪼아 울지도 못 하거니
만호보다 노란 눈깔은 유전(遺傳)을 원망한들 무엇하랴
서러운 주문(呪文)일사 못 외일 고민의 이빨을 갈며
종족(種族)과 쇄(姝)를 잃어도 갈 곳조차 없는
가엾은 박쥐여! 영원한 「보헤미안」의 넋이여!

제 정열에 못 이겨 타서 죽는 불사조(不死鳥)는 아닐망정
공산(空山) 잠긴 달에 울어새는 두견새 홀리는 피는
그래도 사람의 심금(心琴)을 흔들어 눈물을 짜내지 않는가?
날카로운 발톱이 암사슴의 연한 간(肝)을 노려도 봤을
너의 머-ㄴ 조선(祖先)의 영화롭던 한시절 역사도
이제는 「아이누」의 가계(家系)와도 같이 서러워라!

가없은 박쥐여 ! 멸망(滅亡)하는 겨레여 !

운명의 제단에 가늘게 타는 향불마저 꺼졌거든
그 많은 새짐승에 빌붙일 애교(愛嬌)라도 가졌단 말가 ?
상금조(相琴鳥)처럼 고운 뺨을 채롱에 팔지도 못하는 너는
한 토막 꿈조차 못 꾸고 다시 동굴로 돌아가거니
가없는 박쥐여 ! 검은 화석(化石)의 요정(妖精)이여 !

서   울

　어떤 시골이라도 어린애들은 있어 고놈들 꿈결조차
잊지 못할 자랑 속에 피어나 황홀하기 장미빛 바다였다.

　밤마다 야광충(夜光虫)들의 고운 불 아래 모여서 영화로운
잔치와 쉴 새 없는 해조(諧調)에 따라 푸른 하늘을 꾀했다는
이애기.

　온 누리의 심장을 거기에 느껴 보겠다고 모든 길과 길들
핏줄같이 얼클어서 역(驛)마다 느릅나무가 늘어서고

　긴 세월이 맴도는 그 판에 고추 먹고 뱅—뱅 찔레 먹고
뱅—뱅 넘어지면 「맘모스」의 해골(骸骨)처럼 흐르는
인광(燐光) 길다랗게.

　개아미 마치 개아미다 젊은 놈들 겁이 잔뜩나 참아 참아
하는 마음은 널 원망에 비겨 잊을 것이었다 깍쟁이.

　언제나 여름이 오면 황혼의 이 뿔따귀 저 뿔따귀에
한 줄씩 걸처매고 짐짓 창공에 노려대는 거미집이다 텅 비인.

　제발 바람이 세차게 불거든 케케묵은 먼지를 눈보라마냥
날아라 녹아 내리면 개천에 고놈 살무사들 승천을 할는지.

바다의 마음

물새 발톱은 바다를 할퀴고
바다는 바람에 입김을 분다.
여기 바다의 은총(恩寵)이 잠자고 있다.

흰 돛(白帆)은 바다를 칼질하고
바다는 하늘을 간질여 본다.
여기 바다의 아량(雅量)이 간직여 있다.

낡은 그물은 바다를 얽고
바다는 대륙(大陸)을 푸른 보로 싼다.
여기 바다의 음모(陰謀)가 서리어 있다.

———8월 23일———

이상화의 시(詩)세계

전　규　태

(문학평론가)

이상화(李相和 : 1900~1941)는 경북 대구의 전통적인 선비 집안에서 차남으로 태어나 일찍이 아버지(李時雨)를 여의고 편모 슬하에서 자랐다. 어릴 적에 국민학교 과정은 집에서 독사장(獨師長)을 통해 마치고 서울 중앙학교에서 수학했다.

그는 동경 외국어대학 프랑스어과를 다니면서 프랑스 문학에 심취하게 되었다.

고향인 대구에서 현진건, 백기만, 이상백 등과 함께 습작집인 〈거화(炬火)〉를 간행하며 문학 수업을 하였고, 1919년 3·1운동 때 대구에서 가담, 발각된 이유로 서울에서 도피 생활을 하다가 동향인 현진건의 천거로 「백조(白潮)」동인이 됨으로써 문단에 데뷔했다.

초기 그의 시는 1920년대의 문학적인 특징을 반영하는 감상적(感傷的), 퇴폐적·도피적인 경향을 띤다. 그의 낭만주의적 시 작품은 현실에 대한 혐오감과 환멸에서 비롯된다.

이상화가 문단에 내놓은 첫작품은 1922년 「백조」지 창간호에 수록한 시 〈말세(末世)의 희탄(欷嘆)〉과 〈단조(單調)〉이다.

그 후 20년 동안의 문단 생활에서 그는 총 69편의 작품(시 56편, 평론 4편, 수필 3편, 번역소설 4편, 기타 2편)을 내놓았다.

그의 작품을 발표 연대별로 보면 20년대에 57편으로 그 중기에 가장 왕성한 작품 활동을 했고 30년대 이후에는 부진했다.

이상화는 20년대에 흘러들어 온 서구의 상징주의와 3·1운동 실패 이후의 좌절감, 프랑스의 데까당띠즘, 러시아의 우울문학 등의 영향을 받아 자기만이 안주(安住)할 수 있는 몽환적인 세계에 칩거하면서 한껏 센티멘탈리즘에 빠져들어 갔다.

그는 곧잘 미지의 세계, 죽음을 예찬했는가 하면 친구의 죽음을 슬퍼하면서 지은 시편들을 보거나 그 자신에 대해 읊은 시들을 보면 환멸과 어두움이 지나칠 정도로 감상에 치우쳐 출렁이고 있음을 알 수 있다.

> 저녁의 피묻은 동굴(洞窟) 속으로
> 아―밑없는, 그 동굴 속으로
> 끝도 모르고
> 끝도 모르고
> 나는 거꾸러지련다.
> 나는 파묻히련다.
> ――〈말세의 희탄(欷嘆)〉〉에서――

'저녁의 피묻은, 가을의 병든' 그런 현실을 떠나 그는 '끝도 모르고' '낮도 모르고 밤도 모르는' 그런 곳으로 가고자 한다. 이 암울한 현실만 아니라면 어디로든지 가서 파묻히고 싶어 한다. 그러면서도 '속 아픈 웃음을 빚는' 절망감에 휩싸인다.

> 「마돈나」 언젠들 안 갈 수 있으랴, 갈테면 우리가 가자.
> 끄을려가지 말고
> 너는 내 말을 믿는「마리아」――내 침실이 부활의
> 동굴(洞窟)임을 네야 알련만…….

> 「마돈나」 밤이 주는 꿈, 우리가 얽는 꿈, 사람이 안고
> 궁그는 목숨의 꿈이 다르지 않으니,
> 아, 어린애 가슴처럼 세월(歲月) 모르는 나의 침실로 가자,
> 아름답고 오랜 거기로.
> ――〈나의 침실로〉에서――

이 시인이 가고 싶어 하는 그 곳은 '어린애 가슴처럼 세월 모르는' 뉘우침과 두려움의 외나무다리 건너 있는, '아름답고 오랜' 곳이다.

〈나의 침실로〉는 「백조」 3호에 실린 시 작품으로 그의 시 가운데 가장 많이 애송되는 명편이다.

이 시에서 '침실' 역시 그가 늘 가고 싶어 하는 동경과 이상이

담겨져 있는 현실 도피처인데 이 시에서는 미지의 아름다운 세계로 표출되어 있다.

프랑스의 상징주의 시인인 P. 베를레느의 퇴폐주의적 영향을 많이 받은 듯한 이 시는 일제 치하의 암울함과 서구 로맨티시즘이 지니는 감정의 진취적인 면을 버무려 서정하고 있다.

이 시에 나오는 「마돈나」는 그의 후기 시에 보이는 조국이나 민족의 메타포이기보다는 이상화가 사랑하던 여인──동경 체류중에 만난 미모의 함흥 여성 유보화(柳宝華), 이갑성(李甲成) 옹 사랑방에서 만났던 손필연, 또는 대구 명기(名妓) 송소옥 등 여인 중한 사람──일 것이다.

하지만 그는 1925년 이후부터 이런 값싼 낭만에서 벗어나 적극적인 저항의 자세로 전환한다. 그에 따라 그의 시는 차츰 민족적인 저항시로 바뀌게 된다.

　　지금은 남의 땅──빼앗긴 들에도 봄은 오는가?

　　나는 온 몸에 햇살을 받고
　　푸른 하늘 푸른 들이 맞붙은 곳으로
　　가르마 같은 논길을 따라 꿈 속을 가듯 걸어만 간다.

　　입술을 다문 하늘아 들아
　　내 맘에는 내 혼자 온 것 같지를 않구나
　　네가 끌었느냐 누구 부르더냐 답답워라 말을 해다오.
　　　　　　──〈빼앗긴 들에도 봄은 오는가〉에서──

이 한 편의 시가 바로 이상화의 모든 것을 보여 주고 있다.

그는 일제 식민지 치하의 현실을 직시(直視)했다. 나라를 잃고 수탈을 당해 메말라 가고 있던 민족의 아픈 설움을 울분과 지조로 노래하고 있다.

'지금은 빼앗긴 남의 땅'에서 그 어떤 것도 쓸데 없는 것인 줄을 그는 짐짓 알고는 있었다. 그는 이 시에서도 일제 식민지 초기의 낭만주의적인 혼적을 보이고는 있지만, 민족적 감정과 민족의 정서를 긴밀한 언어 구사로써 잘 조화를 이루어 놓고 있다.

그는 일본 동경 유학 시절부터 이미 이 같은 민족 정신이 옹글었다.

1923년 10월 관동(關東) 대지진 때의 조선인 학살을 지켜 보면서 그는 민족적 자각이 더 굳어지고 천운으로 명(命)을 구하여 귀국, 이를 계기로 민족의식이 확고히 형성되어 일제 밑에서는 벙어리와 같다 하여 그의 호(号)를 '백아(白啞)'라고 짓기도 했다.

〈빼앗긴 들에도 봄은 오는가〉에 이어 그는 보다 강렬한 자세로 짙은 항일적 요소를 띤 〈비음(緋音)〉, 〈가장 비통한 기욕(祈慾)〉 등을 발표했다.

아, 가도다, 가도다, 쫓쳐가도다.
잊음 속에 있는 간도(間島)와 요동(遼東)벌로
주린 목숨 움켜쥐고 쫓쳐가도다
진흙을 밥으로 햇채를 마서도
마구나 가졌드면, 단잠을 얽맬 것을——
사람을 만든 검아, 하루 일찍
차라리 주린 목숨을 뺏어 가거라!
——〈가장 비통한 기욕(祈慾)〉——

일본 제국주의자의 수탈로 말미암아 기름진 땅과 집마저 빼앗기고, 주린 목숨 움켜 쥐고 낯선 간도와 요동 벌판에라도 가서 차마 죽지 못해 살아 보겠다고 쫓겨가던 처참한 겨레의 모습을 읊은 시다.

분노와 반항의 대상으로 일제가, 사랑과 관심의 대상으로 피지배자인 굶주린 겨레가 그의 작품 속에서 격렬하고도 침통하게 그려지고 있다.

이 이외에도 '호미와 가래에서 등심살을 빗기이고, 감자와 기장에게 속기름을 빼앗기인' 메마른 땅에서 헐벗고 굶주린 생명을 그 땅에 걸고 살아갔던 농민들의 모습을 그린 〈폭풍우를 기다리는 마음〉과 〈빈촌(貧村)의 밤〉, 〈조소(嘲笑)〉, 〈조선병(朝鮮病)〉, 〈역천(逆天)〉, 〈이 해를 보내는 노래〉 등은 모두 식민지 치하의 한국인의 비애와 저항을 표현하고 있다.

이상화의 시는 초기의 감상과 퇴폐, 염세적인 경향에서 이처럼 열띤 민족주의적 항일시로 바뀌었다가 말기에는 국토 찬미 내지는 자연 예찬의 형태로 전환한다. 장편 서사시 형식으로 된 〈청량(清涼)세계〉를 비롯하여 〈금강송가(金剛頌歌)〉, 〈나는 해를 먹다〉, 〈병적(病的) 계절〉 등이 그것이다.

민족의 시혼(詩魂) 이육사

전　규　태
(문학평론가)

　일제(日帝)가 마지막으로 발악하던 1930년대 후반부터 1945년 해방될 때까지 거의 대부분의 인물들은 친일(親日)로 기울어지거나, 아니면 아예 붓을 꺾고 침묵해 버렸다. 일본어가 아니고는 발표조차 할 수 없었던 극한 상황 속에서 그것은 어쩔 수 없는 일이었다고 지나쳐 버리기에는 너무나도 절박한 민족문학의 위기였다.

　하지만 그런 어려운 상황 속에서도 끝까지 항거하면서 겨레의 얼을 지킨 시인이 있었다. 겨레의 사상적인 지표(指標)가 흔들리고 단절되려는 시기에 이육사는 목숨으로 일제의 폭정에 항거한 마지막 시인이었다.

　이육사(李陸史─본명은 源祿, 또는 源三 : 1904년 4월 4일〈陰〉~1944년 1월 16일〈陽〉)는 경북 안동(안동군 도산면 원촌리 881) 태생으로 부친 이가호(李家鎬)의 5형제 중 차남이며, 조부인 이중식에게서 한학을 배웠고, 조부가 연 예안(禮安)의 보문의숙(普門義塾)에서 신학문을 수학하기도 했다.

　그는 퇴계 이황(李滉)의 14대손으로 약관에 이미 의열단(義烈團)에 가입하여 항일운동을 시작, 3년간의 옥고를 치렀으며, 그 때의 수인(囚人) 번호가 264호였으므로 아호를 「육사」라고 불렀다.

　물론 그의 시 전부를 민족의식의 시라고 볼 수는 없다. 그의 시 작품 가운데에는 복고적(復古的)인 전통성을 엿볼 수 있는 향수(鄕愁)어린 작품도 없지는 않다. 〈청포도〉(1939), 〈아미(蛾眉)〉(1941) 같은 시가 바로 그러한 시다.

　　내 고장 7월은
　　청포도가 익어 가는 시절

이 마을 전설이 주저리주저리 열리고
먼 데 하늘이 꿈꾸며 알알이 들어와 박혀
하늘 밑 푸른 바다가 가슴을 열고

로 시작되는, 색채감이 부드러워 어쩌면 목가적(牧歌的)인 정취마저 느끼게 하는 이 〈청포도〉에서도, 민족 고유의 향토색을 물씬 풍기는 전통의식 속에 조국의 광복을 갈구하는 기다림과 초극(超克)의 의지가 승화되어 있음을 본다. S. 말라르메의 〈목신(牧神)의 오후〉를 방불케 하는 높은 경지의 감각적 표현이다.

푸른 하늘에 닿을 듯이
세월에 불타고 우뚝 남아 서서
차라리 봄도 꽃 피진 말어라.
──〈교 목(喬木)〉에서──

위의 시도 얼핏 서정적으로 보이지만 그 누구도 꺾을 수 없는 굳은 저항의지가 올연히 나타나 있다.

그의 굽힐 줄 모르는 곧은 대륙적인 기질은 조국이 망하고 겨레가 수난을 당하고 있을 때, 의연히 분기하여 목숨마저 초개(草芥)처럼 아낌없이 버린 것이다. 그런 의지는 시 〈절정(絶頂)〉에 이르러 가히 그의 인고(忍苦)가 참으로 절정에 이른 느낌이다.

매운 계절(季節)의 채쭉에 갈겨
마침내 북방(北方)으로 휩쓸려오다

하늘도 그만 지쳐 끝난 고원(高原)
서릿발 칼날진 그 위에 서다

어데다 무릎 꿇어야 하나?
한 발 재겨 디딜 곳조차 없다
──〈절 정(絶頂)〉에서──

한 발 디딜 곳조차 없는 빼앗긴 땅, 암흑의 현실 속에서 '서릿발 칼날' 같은 이 시인의 초극의 의지가 강렬하게 우리를 엄습해 온다.

이 시는 그의 시 가운데 혁명가로서의 모습이 가장 힘차게 드러난 작품이다. 〈절정〉은 그가 비극적인 인물로서의 자기 자신에 부딪치는 일종의 한계 상황이라고 볼 수 있다.

그에 의하면 "시는 행동이며 진정한 의미의 참여"였다.

그는 〈계절의 오행〉이라는 글(1938. 12. 조선일보)에서 다음과 같이 말하고 있다.

"무릇 유언(遺言)이라는 것을 쓴다는 것은, 팔십이 넘고도 가을을 경험하지 못한 속배(俗輩)들이 하는 일이오. 그래서 나는 이 가을에도 아예 유언을 쓰려고도 하지 않소. 다만 나에게는 행동의 연속만이 있을 따름이오. 행동은 말이 아니고, 나에게는 시를 생각한다는 것도 행동이 되는 까닭이오."

이처럼 그의 시는 그의 행동의 연장이라고 볼 수 있는 것이다.

그는 조국의 광복을 위하여 단말마적인 최후의 발악을 자행하던 일본 제국주의에 대항해서 중국 대륙을 전전하면서 투쟁의 수형(受刑) 의식으로 시를 썼다. 그의 〈노정기(路程記)〉를 살펴보자.

　　남들은 기뻤다는 젊은 날이었건만
　　밤마다 내 꿈은 서해를 밀항(密航)하는 「쩡크」와 같애
　　소금에 절고 조수(潮水)에 부풀어 올랐다.

이 시에서 그는 늘 아슬아슬하게 암초를 벗어나며, 또 태풍과 싸워가는 삶을 계속했는데, '그 곳은 남십자성이 비춰주지도 않는 곳'이라고 노래하고 있다.

또한 그의 대표작의 하나인 〈광야(曠野)〉는 〈절정〉에서처럼 강렬한 저항의 의지를 보여 주고 있다.

　　까마득한 날에
　　하늘이 처음 열리고
　　어데 닭 우는 소리 들렸으랴

　　모든 산맥들이
　　바다를 연모(戀慕)해 휘달릴 때도
　　차마 이 곳을 범(犯)하던 못 하였으리라

지금 눈 내리고
매화향기 홀로 아득하니
내 여기 가난한 노래의 씨를 뿌려라

다시 천고(千古)의 뒤에
백마 타고 오는 초인(超人)이 있어
이 광야에서 목놓아 부르게 하리라

이 시는 이육사의 개성이 매우 두드러지게 나타난 작품으로, 그의 역사관 내지 인생관이 집약적으로 나타나 있는 성공적인 작품이다. 일제식민지 치하의 암흑을 극복하고 꿈을 실현하고자 하는 굳건한 의지와 신념이 맥맥히 흐르고 있다.

현재 알려져 있는 34편의 이육사 작품 가운데, 대부분의 시에는 일본 제국주의자에 대한 울분과 한(恨)으로 응결되어 있다. 1944년에 옥사(獄死)하기까지 편안할 날 없이 쫓겨다녀야만 했던 그로서는 34편이 결코 과작(寡作)이라고 말할 수는 없다.

이러한 이육사의 시가 지니는 시사적(詩史的) 의미는, 첫째 1930년대 전반의 시단(詩壇)을 휩쓸던 모더니즘에 대한 반동적인 요소를 지니고 있고, 둘째로는 전술한 회고적인 전통성을 들 수 있으며, 셋째로는 그의 시풍이 그가 활약하던 북방의 정조(情調)와 함께 대륙적이고 호탕하다는 점이다.

그는 타협을 모르는 대쪽 같은 강직한 성격의 소유자였으며, 그의 짧은 생애를 조국의 광복을 위해 살다가 갔다.

그는 열일곱 차례나 투옥되었으며, 1943년 6월에 동대문 경찰서 형사에게 체포되어 중국 베이징(北京)으로 압송되었다가, 그 이듬해에 그 곳 감옥에서 조국의 옹글음과 자유를 갈구하는 다음과 같은 시를 남긴 채 아깝게도 숨을 거두었다.

한 개의 별을 노래하자 꼭 한 개의 별을
십이성좌(十二星座) 그 숱한 별을 어찌나 노래하겠니
꼭 한 개의 별! 아침 날 때 보고 저녁 들 때도 보는 별

우리들과 아一주 친(親)하고 그 중 빛나는 별을 노래하자
아름다운 미래(未來)를 꾸며 볼 동방(東方)의 큰 별을
가지자

　　　　　　──⟨한 개의 별을 노래하자⟩에서──